PHILIPPE FOUSSIER

Marianne

LES SYMBOLES DE NOTRE HISTOIRE

DERVY

Collection « Les Symboles de notre histoire »
dirigée par Pierre Mollier

Déjà parus
La Fleur de lys, par Pierre Mollier
Couronnes, par Philippe Delorme
Le Graal, par Françoise Bonardel

À paraître
Le Drapeau tricolore, par Philippe Foussier
L'Hermine, par Jean-Luc Le Bras
Mélusine, par Jean-Michel Mathonière
Gargantua, par Laurent Segalini

19, rue Saint-Séverin, 75005 Paris
ISBN : 979-10-242-1803-8

info@guytredaniel.fr
www.dervy-almora.fr

www.facebook.com/tredaniel.reflexion
@tredaniel_reflexion

Imprimé en Grèce.
Maquette : Violaine Bariller, v.bariller@autrepage.com

MARIANNE

Représentation féminine de la République en France depuis 1792, Marianne a derrière elle une longue histoire dont une partie des origines remonte bien avant l'instauration de la Ire République. Depuis, tributaire d'une histoire hexagonale mouvementée, Marianne a traversé des épisodes de triomphe, mais aussi de relégation.

Symbole, allégorie, image, emblème, effigie, figure… Marianne a été et demeure tout cela à la fois. De la République certes, mais aussi de la liberté, de la nation, de la patrie, bref de la France, dans sa déclinaison républicaine en tout cas. Car si ce régime semble désormais s'imposer de manière très majoritaire en France depuis 1870 – hormis la parenthèse vichyste –, rien ne permet d'affirmer péremptoirement qu'il soit intangible, ne serait-ce parce qu'il ne recueille pas les faveurs de la totalité des citoyens de la République. De surcroît, nous l'avons vu depuis deux siècles et demi, le régime républicain a été abattu à plusieurs reprises dans des circonstances variées et parfois de manière rapide (1804, 1851, 1940).

Durant les séquences agitées de notre histoire politique et sociale comme pendant des périodes plus calmes, Marianne aura souvent constitué un baromètre des passions et des controverses, jusqu'à se fondre dans le décor lorsque les temps paraissent plus cléments, ce qu'ils ne sont pas forcément dans la réalité. Sans doute davantage que les grandes et vieilles démocraties de divers continents, la France se caractérise par un tempérament politique et social parfois éruptif, sans pour autant que le pays soit emporté dans des bourrasques d'ampleur. L'image de Marianne aura reflété et continue de refléter ces aléas. Elle est tantôt sage et instituée, tantôt conquérante, voire véhémente, ou alors conspuée et dénigrée. C'est cette histoire que nous proposons au lecteur de parcourir.

LES ORIGINES

Marianne ne s'appelait pas encore Marianne. Mais un décret de la toute nouvelle Convention nationale, le 21 septembre 1792, précise que le sceau de l'État serait changé « *et porterait pour type la France sous les traits d'une femme vêtue à l'antique, débout, tenant dans la main droite une pique surmontée du bonnet phrygien ou bonnet de la liberté, la gauche appuyée sur un faisceau d'armes, à ses pieds un gouvernail* ». Resituons le contexte. Ce 21 septembre 1792, la Convention abolit formellement la monarchie. La veille, le 20, les armées françaises remportent la célèbre bataille de Valmy, plus importante d'ailleurs sur un plan symbolique que strictement militaire. Le lendemain, le 22, sans que ce régime soit officiellement proclamé, les documents officiels seront datés du 1er jour de l'an I de la République.

La République n'était pas dans les plans des révolutionnaires de 1789, à quelques exceptions près. Même si les jeunes États-Unis d'Amérique avaient donné la décennie précédente l'exemple d'une démocratie sans roi, le modèle monarchique s'imposait comme une évidence dans la Vieille Europe. En revanche, la plupart des révolutionnaires de 1789 avaient probablement en tête la perspective d'un modèle comparable à la Grande-Bretagne, celui d'une monarchie parlementaire. Encore eût-il fallu que Louis XVI y consentît…

Or, s'il semble parfois donner l'impression qu'il se résigne au cours de la Révolution, comme la fête de la Fédération du 14 juillet 1790 en donnera une illustration, le roi de France n'a de cesse, en parallèle, de tenter d'en enrayer le déroulement. De la fuite à Varennes (juin 1791) à l'encouragement au manifeste de Brunswick, diffusé le 25 juillet 1792 et promettant au peuple français une offensive militaire d'ampleur pour stopper ses velléités, Louis XVI multiplie les preuves qu'il ne veut rien céder de son pouvoir. Ses démonstrations conciliantes sont un leurre destiné à gagner du temps. Bref, le 20 juin, puis plus encore le 10 août avec l'invasion du palais des Tuileries, la chute de la monarchie est actée. L'assemblée législative achève son œuvre en cet été 1792 et la Convention nationale prend le relais. Pour la première fois, le suffrage universel (masculin) sera mis en pratique pour ces élections.

La Ire République s'installe donc en cette fin septembre. Comptant à son actif de nombreux combats emblématiques comme le soutien à l'abolition de l'esclavage, l'évêque de Blois Henri Grégoire, représentant du Loir-et-Cher à la Convention, est chargé d'un rapport sur les sceaux du nouveau régime. Il y propose une image de la liberté « *afin que nos emblèmes, circulant sur le globe, présentassent à tous les peuples les images chéries de la liberté et de la fierté républicaines* ». Mais Marianne ne s'appelle pas encore Marianne ! Toutefois, le bonnet phrygien est bien présent sur sa tête. Il sera un sujet de vives controverses au siècle suivant. Dès le 14 juillet 1789, le bonnet en question est fréquemment porté par le peuple de Paris qui prend d'assaut la Bastille. C'est ce même bonnet qu'arboraient en guise de couvre-chef les esclaves affranchis sous la Rome antique. Et comme l'écrivit Maurice Agulhon, l'historien le plus expert en la matière et à qui nous empruntons ici de nombreuses sources, « *la femme à bonnet phrygien signifiait Liberté dans l'iconologie européenne plusieurs siècles avant la Révolution* ». L'Antiquité et ses symboles inspirent massivement les révolutionnaires, pour beaucoup d'entre eux pétris de culture classique, sur le plan artistique comme dans le registre philosophique et littéraire. La Phrygie était une province de l'Asie Mineure plus de 1 000 ans avant l'ère chrétienne et c'est elle qui donna donc son nom au célèbre bonnet.

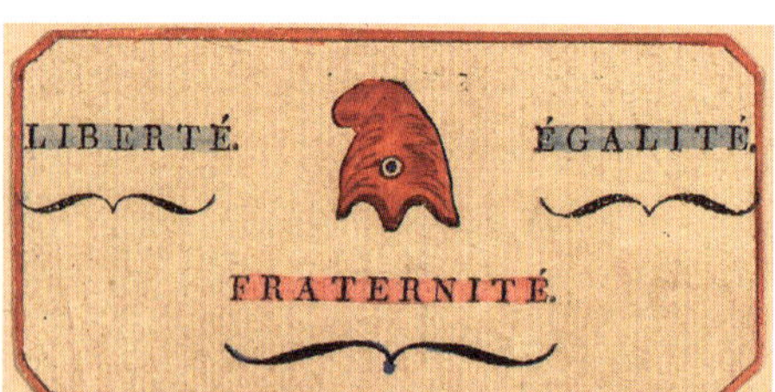

Carte avec un bonnet phrygien et la future devise de la République, vers 1793.

Pourquoi donc une image pour symboliser la République ? D'abord pour trancher avec l'existant, car la France monarchique est représentée depuis des siècles par la figure du roi. D'ailleurs, lorsque Marianne sera ultérieurement éclipsée par des régimes hostiles à la République, c'est le visage du chef de l'exécutif qui servira d'effigie de la nation à grand renfort de statues, gravures, pièces de monnaie et timbres-poste. La petite histoire raconte que lors de la fuite de Louis XVI, de Marie-Antoinette et leurs proches à Varennes, cet aréopage s'étant maladroitement grimé en voyageurs lambda, le roi fut reconnu à l'occasion d'une halte dans une auberge de Sainte-Menehould par Drouet grâce à l'image que ce dernier avait vue du monarque sur les pièces de monnaie du royaume.

Pièce de monnaie figurant le roi Louis XVI, 1788.

Depuis 1789, les choses ont déjà un peu changé. Le roi, bientôt surnommé Monsieur Veto, est certes toujours au sommet de la hiérarchie. Pour figurer la France toutefois, l'iconographie populaire, telle que la représentent par exemple les faïences produites en grand nombre, retient pour sa part l'addition des trois ordres. Ils sont incarnés par le noble, porteur de l'épée, par le prêtre ou l'évêque, en soutane, le cas échéant muni d'une crosse épiscopale, et enfin le plus souvent par le paysan, moins fréquemment

Faïence à décor des trois ordres, époque révolutionnaire.

par le bourgeois, comme illustration de l'ordre le plus nombreux, mais le moins puissant, le tiers état.

La représentation de la nation républicaine par une image rompt dorénavant avec la personnification du pouvoir. Marianne, c'est la multitude. C'est une abstraction qui renvoie au peuple dans son ensemble. Elle est aussi adaptée au caractère fugace des pouvoirs exercés par ses représentants. En effet, la Révolution française récusera tout pouvoir personnel. Même si, selon les périodes, quelques hommes forts émergent, mais disparaissent quelques mois après, y compris physiquement…

Contrairement à une France des trois ordres qui ne peut être figurée qu'en les rassemblant, Marianne, de son côté, incarne l'unité du peuple et de la nation. C'est d'ailleurs le 25 septembre 1792 que la République est proclamée « une et indivisible ». Terminés, les ordres ! Balayées, les corporations ! Désormais, la citoyenneté va se traduire juridiquement conformément à l'article premier de la Déclaration des droits de l'homme et du citoyen adoptée le 26 août 1789 par l'assemblée constituante : « *Les hommes naissent et demeurent libres et égaux en droits. Les distinctions sociales ne peuvent être fondées que sur l'utilité commune.* »

Changement d'institutions, de régime, mais aussi de rituels. Nous sommes à l'automne 1792 et la jeune Révolution doit faire face à des oppositions diverses, à l'extérieur comme à l'intérieur. La contre-Révolution n'est pas une fiction. Le drapeau bleu, blanc, rouge, en remplacement du seul blanc de la royauté, la cocarde tricolore qui en décline les couleurs sur les vêtements, « La Marseillaise » – le chant pour l'armée du Rhin – viennent bientôt compléter un dispositif symbolique destiné à faire comprendre à ses détracteurs que la toute jeune République est bien décidée à s'affirmer.

Même si les origines précises font, de temps à autre, l'objet de controverses entre spécialistes, la plupart des historiens considèrent que la représentation de la République doit son prénom à un chansonnier de Puylaurens dans le Tarn, cordonnier devenu instituteur, auteur d'une chanson patriotique en langue d'oc titrée « La Garisou de Marianno ». Composée au lendemain de la victoire des armées républicaines à Jemmapes le 6 novembre 1792, elle raconte le soulagement de la France après ses succès militaires dans le Nord-Est et dans les Alpes. Il y est dit que « Marianne » se porte déjà mieux depuis le 10 août, jour de la chute de la monarchie. Marianne est donc guérie des menaces qui l'assaillaient. À noter qu'en langue d'oc, l'accent tonique est placé sur l'avant-dernière syllabe, le « o » final étant muet. Une rencontre va s'opérer, comme le rapportent l'historien Maurice Agulhon et Pierre Bonte, dont nous aurons l'occasion de reparler. Si la Révolution invente le symbole de la République et impose le bonnet phrygien, le nom de Marianne émerge de la province pour la désigner, assurent-ils. Cependant, l'image et le nom ne se rencontreront qu'au siècle suivant. Pour la quasi-totalité des Français, elle est encore la « déesse » de la liberté.

DE LA DÉESSE À LA FEMME DU PEUPLE

Alors pourquoi ce prénom ? Dans les milieux populaires, le choix des noms de baptême à donner aux enfants puisait essentiellement dans le patrimoine chrétien. Pour les filles, Marie, Jeanne, Louise et Anne étaient – dans cet ordre – les plus courants. Lorsqu'ils étaient composés, Marie-Louise venait en tête. Sauf dans le sud de la France, où Marie-Anne le surpassait. La contraction s'opérait fréquemment pour ne faire qu'un prénom simple, Marianne… formé du nom de la Vierge et de sa mère. Et cette Marianne, si souvent rencontrée dans le Languedoc et en Provence, était devenue un archétype de la femme, de même que le prénom masculin Jacques était associé dans l'imaginaire populaire à l'homme du peuple, le paysan en particulier. Dans une ultime recherche, l'historien Maurice Agulhon évoqua – sans la retenir vraiment – l'hypothèse selon laquelle le nom serait dérivé de Mariamné, « *princesse palestinienne plus ou moins christianisée et placée au rang des saints au début du XVI*e *siècle* ». Si l'apparition de Marianne date de la Ire République, sa popularisation à l'ensemble du territoire hexagonal attendra la IIe République et sa présence massive dans l'espace public la Troisième du nom.

Au-delà du sceau officiel de la République, les représentations en peinture et en sculpture vont bientôt se multiplier. Ainsi, le premier ou l'un des premiers bustes de Marianne apparu dans une mairie est installé dans celle de Marseille en 1793. Il est l'œuvre du sculpteur Chardigny. Mais cette présence dans la maison commune constitue une rareté dans la période. S'agissant de la peinture, la première représentation « officielle » serait celle de Wicar. En 1794, Jean-Antoine Gros en proposera une autre version avec comme titre *La République française de l'an II*, l'an II de la République s'entend. En février 1794 se produit un événement qui n'est pas sans rapport avec le bonnet phrygien puisque la Convention décide d'abolir l'esclavage.

Moi libre aussi, 1794.

APRÈS LA RÉVOLUTION...

Comme on sait, la séquence révolutionnaire ne dura que quelques années. Après la chute de Robespierre et des Montagnards à l'été 1794, s'installe la Convention thermidorienne qui s'applique à revenir sur plusieurs mesures engagées depuis 1789. En 1796, avec le Directoire, c'est un nouveau régime qui s'impose aux Français, dans une République notoirement conservatrice. Sous le Consulat, qui lui succède bientôt, la personnalisation du pouvoir reprend des couleurs, avec un triumvirat dont Napoléon Bonaparte est à la tête. Trois coups d'État successifs, le 18 fructidor de l'an V, le 30 prairial de l'an VII, puis enfin le 18 brumaire de l'an VIII finiront de faire glisser la France dans une forme institutionnelle inédite régie par une nouvelle Constitution. Une gravure de l'époque représente d'ailleurs le texte de cette Constitution entouré d'un côté de Marianne, de l'autre du Premier consul, Bonaparte.

En 1799, le processus de remplacement de la République est bien engagé et le pouvoir personnel restauré. L'Empire va rétablir la monarchie héréditaire, même si ce n'est ni celle des Bourbons ni celle des Orléans, congédier en conséquence la République, en finir avec le calendrier républicain, avec l'abolition de l'esclavage ainsi qu'avec la séparation de l'Église et de l'État, adoptée en 1795. Marianne connaîtra dès lors une longue éclipse institutionnelle. Désormais, c'est l'Empereur et lui seul qui représente symboliquement la nation française. La souveraineté populaire n'aura connu que quelques balbutiements. C'est dorénavant le retour aux codes allégoriques de l'Ancien Régime qui ne sauraient octroyer de place à la multitude.

En 1815, la Restauration, même si elle crée une rupture avec l'Empire napoléonien, ne modifie pas la donne au sujet de Marianne. Le drapeau blanc se substitue toutefois au tricolore. Les comtes de Provence et d'Artois, les deux frères de Louis XVI, se succèdent comme rois de France. D'abord Louis XVIII jusqu'à sa mort en 1824, puis Charles X, chassé du pouvoir par les Trois Glorieuses. Ces journées des 27, 28 et 29 juillet 1830 sont immortalisées par le célébrissime tableau de Delacroix, *La Liberté guidant le peuple*, qui voit une femme à la poitrine partiellement dénudée brandir le drapeau au milieu d'une scène insurrectionnelle. Même si cette peinture est très souvent assimilée à Marianne, il n'en est rien. D'abord, car Delacroix n'est pas républicain, mais surtout parce que le nouveau pouvoir n'entend nullement rétablir la République. Toutefois, dans la mesure où cette peinture est fréquemment associée à Marianne, elle sera récupérée par les républicains et peu à peu boudée par les orléanistes.

La Liberté guidant le peuple, d'Eugène Delacroix.
Cette peinture décrit la révolution de 1830
(et non celle de 1789) entraînant la chute du roi Charles X.

La brève révolution de 1830 conduit à la tête du royaume Louis-Philippe, fils de Philippe-Égalité, le cousin régicide de Louis XVI, dans une séquence ouvrant une longue rivalité entre les deux branches prétendantes au trône de France, les légitimistes et les orléanistes. Avec la monarchie de Juillet s'ouvre une nouvelle phase : le roi n'est plus « de France », mais « des Français », le tricolore revient en grâce, le coq succède à la fleur de lys comme emblème national. Le roi prête serment devant les députés en lieu et place du sacre de Reims, les revues militaires se substituent aux cérémonies religieuses tant prisées par la Restauration. Bref, on assiste à un assouplissement des règles édictées par les Bourbons en 1815 sans pour autant que s'imposent la République ni son allégorie Marianne. D'ailleurs, si la monarchie de Juillet se livre à une statuomanie soutenue, lorsqu'elle rend hommage aux Trois Glorieuses de 1830, c'est en érigeant en 1840 une colonne sur la place de la Bastille surmontée du « Génie de la Liberté », lequel y figure toujours. Quatre ans plus tôt, en 1836, l'Arc de Triomphe se voit orné par le sculpteur François Rude d'une *Marseillaise* – et non d'une Marianne –, figure guerrière renvoyant au départ des volontaires de 1792.

Génie de la liberté, place de la Bastille, Paris.

LE MOMENT 1848 ET LE SECOND EMPIRE

Après dix-huit ans de règne, Louis-Philippe est à son tour chassé du trône. Cette fois, c'est une République qui découle de la révolution de 1848. Elle est proclamée le 27 février au pied de la colonne de Juillet, place de la Bastille, au terme de trois nouvelles glorieuses journées, du 22 au 24 février. La devise *Liberté, Égalité, Fraternité* devient celle de la jeune République et un sceau officiel est retenu, qui fait figurer une femme assise, drapée à l'ancienne et surmontée d'un diadème formé d'épis et entourant la tête en auréole avec sept rayons solaires. Une référence retenue trois décennies plus tard par Bartholdi pour sa statue de la Liberté, l'emblématique monument new-yorkais, et qu'on trouve toujours aujourd'hui sur les façades d'immeubles hébergeant des études notariales. Cette femme assise n'est pas qualifiée de Marianne et ne porte pas de bonnet phrygien. Et pour cause, car depuis février, cette nouvelle République a connu une évolution clairement conservatrice. Le peuple se soulève contre la fermeture des Ateliers nationaux et une répression féroce s'abat sur lui en juin.

Sceau de la IIe République.

Statue de la Liberté, Auguste Bartholdi.

Ledru-Rollin et les républicains de février sont chassés du pouvoir. De progressiste, cette IIe République inaugure un phénomène qui caractérisera les décennies suivantes. Elle fait s'opposer les tenants d'une République bourgeoise, sage et conservatrice, aux partisans d'une République populaire et au-delà, la bourgeoisie à la classe ouvrière naissante. La dérive autoritaire du régime s'intensifie, et c'est Louis-Napoléon Bonaparte qui est triomphalement élu président de la République à la fin de l'année 1848. Avant de déclencher un coup d'État – le 2 décembre 1851 – le neveu de l'empereur Napoléon Ier fait progressivement évoluer le régime vers un conservatisme assumé.

Timbre-poste à la Cérès, 1849.

En janvier 1849 apparaît le premier timbre-poste. Il deviendra célèbre par sa représentation de la Cérès, la déesse romaine des moissons. Nulle référence à Marianne dans la description officielle : il s'agit d'une tête de liberté avec des épis de blé sur le front, des grappes de raisin sur l'oreille et des lauriers au chignon. Sur les pièces de monnaie, le buste de la République est surmonté d'étoiles rayonnantes. Dans ses représentations de manière plus générale, il est souvent affublé d'un mufle de lion. Bref, Marianne n'est pas encore au programme officiel, encore moins coiffée d'un bonnet phrygien, lequel sera d'ailleurs considéré comme un « emblème séditieux » en mars 1849.

Juste après le coup d'État de celui que, de son exil à Guernesey, Victor Hugo qualifiera de Napoléon « *le Petit* », un décret du 3 janvier 1852 précise que, sur les pièces de monnaie et les timbres-poste figurera désormais le portrait du président en lieu et place de l'effigie de la République. Mais les républicains opposés au cours réactionnaire du régime s'organisent et Marianne est souvent leur emblème. Des figurines se multiplient comme divers petits objets, que s'approprient des particuliers attachés à la République.

Les plus militants se regroupent dans des sociétés secrètes baptisées des « Mariannes », notamment dans le sud de la France. Les années 1850 vont assurer à Marianne une popularité qui dépasse les secteurs comme le Languedoc et la Provence où elle est déjà une figure familière.

C'est ainsi qu'une insurrection ouvrière des ardoisiers de Trélazé, une commune située près d'Angers, va illustrer l'activisme de ces sociétés secrètes baptisées du nom de Marianne. La répression est rude. Les meneurs « mariannistes » sont déportés à Cayenne au terme d'un procès qui eut un retentissement national. C'est à la même période que le journaliste républicain Félix Pyat fait imprimer à Londres une *Lettre à Marianne* en forme de parodie de la célèbre

Félix Pyat, auteur de la *Lettre à Marianne* par Daumier, 1848.

adresse à la Vierge. « *Salut Marianne, pleine de force, le peuple est avec toi, le fruit de tes entrailles, la République, est béni, etc.* » Nous sommes à cette époque dans une phase d'alliance étroite entre le trône et l'autel. Après avoir – en partie – vu d'un œil favorable la Révolution de 1848, l'église de France évolue vers des positions ultramontaines. Elles se renforcent encore dans les années 1860 avec le *Syllabus* et le dogme de l'infaillibilité pontificale. Les processions se multiplient, la piété est ostentatoire, la statuaire religieuse envahit l'espace public. En témoignent l'imposante Notre-Dame-de-France érigée en 1856 au Puy-en-Velay ou quelque temps plus tard Notre-Dame-de-la-Garde à Marseille, la « Bonne Mère ».

LES DÉBUTS DE LA IIIe RÉPUBLIQUE

Durant le règne de Napoléon III, Marianne devient de plus en plus le symbole autour duquel les républicains se retrouvent même si, entre eux, les nuances sont souvent fortes. La chute de l'Empire va mettre en lumière ces tendances de façon éloquente. La République est de nouveau proclamée le 4 septembre 1870 après la déroute des armées françaises face à la Prusse qui, humiliation suprême, capture le souverain français à Sedan. Les troupes prussiennes poursuivent leur occupation, et pas seulement en accaparant les territoires de l'Alsace et de la Lorraine. Elles vont bientôt encercler la capitale. Opposant résolu à cette première offensive étrangère livrée sur le territoire national depuis la fin du Premier Empire, Léon Gambetta, qui était à l'automne 1870 l'homme fort du nouveau régime républicain et qui entend refuser la soumission à Bismarck, est écarté du Gouvernement.

Les élections législatives de février 1871 sont marquées par un retour en force des orléanistes et des légitimistes. Adolphe Thiers, la nouvelle figure de l'exécutif, prône la paix avec l'Empire allemand. Paris, dont la sociologie a évolué au même rythme que la révolution industrielle, refuse cette option et résiste. Ce sera pendant soixante-douze jours la Commune, qui connaît d'ailleurs quelques répliques – moins spectaculaires – dans quelques villes de province. Les soldats allemands imposent le blocus, le peuple de Paris s'organise et au terme d'affrontements de plus en plus violents, Adolphe Thiers, installé avec le Gouvernement à Versailles, fait réprimer l'insurrection parisienne. La Semaine sanglante, en mai 1871, se solde par plusieurs dizaines de milliers de victimes. La capitale n'avait pas connu un bain de sang d'une telle ampleur depuis la Saint-Barthélemy en 1572.

Le journaliste Lissagaray relate la cérémonie d'installation de la Commune de Paris le 28 mars 1871 : « *Au milieu de l'hôtel de ville, contre la porte centrale, une grande estrade est dressée. Le buste de la République, l'écharpe rouge en sautoir rayonnant de rouges faisceaux, plane et protège.* » Le nom de Marianne n'a pas encore accédé à une notoriété pleine et entière au nord de la Loire. À Paris, des défilés sont organisés durant le siège de la Commune, avec à leur tête des femmes militantes coiffées du bonnet rouge. Elles symbolisent la liberté, la République dans sa version populaire, la Commune, mais rarement « Marianne » en tant que telle. Si le nouveau régime ne procède pas à une restauration monarchique ou impériale, notamment parce que les trois forces qui aspirent à la fin de la République – légitimistes, orléanistes, bonapartistes – se neutralisent, la République est très clairement conservatrice durant cette décennie. D'abord, avec à sa tête l'orléaniste Adolphe Thiers jusqu'en 1873, puis avec le maréchal de Mac Mahon, légitimiste, qui démissionnera en 1879.

Cette décennie s'avère implacable pour Marianne. On l'a vu, ses représentations ont proliféré dans les milieux républicains sous forme de statuettes, voire de bustes réalisés par des artistes locaux. Dans ses régions de forte popularité – le pourtour méditerranéen en tête –, les représentants du pouvoir se livrent à une chasse opiniâtre aux Marianne, les préfets engageant les gendarmes à débusquer et à confisquer les Marianne visibles par le public. Y compris dans les salles de mairies qui affichent ostensiblement des convictions républicaines et qui font de Marianne le symbole d'une République sociale éloignée de celle de Thiers et de Mac Mahon. Le premier avait cosigné en 1871 un courrier officiel proscrivant toute image sur laquelle figurerait un bonnet phrygien, un triangle ou un aigle. Thiers l'avait au demeurant clairement annoncé : « *La République sera conservatrice ou ne sera pas.* » En 1875 apparaît un nouveau timbre-poste figurant la Cérès, la déesse des moissons, comme sage représentation de la République. Pour les plus réactionnaires, c'en est déjà trop : en signe de protestation, le timbre est collé à l'envers sur les enveloppes qu'ils affranchissent. Un nouveau timbre est alors mis en circulation, qui affiche deux représentations féminines, « le commerce et la paix s'unissant et régnant sur le monde ».

Médaille de la IIIe République associée à sa fondation en 1870.

Après la démission de Mac Mahon, c'est un président de la République désormais républicain qui accède à l'Élysée. Jules Grévy est néanmoins un homme prudent. Pour la médaille commémorative officielle gravée à la suite de son élection, si Marianne apparaît, elle ne porte pas de bonnet phrygien. C'est une version « sage » qui est retenue, coiffée de rayons de soleil. Toutefois, la répression à l'égard de Marianne prend fin et rapidement, elle va s'affirmer dans l'espace public. En 1880, « La Marseillaise » devient l'hymne national et on prononce l'amnistie des communards qui avaient été emprisonnés pour beaucoup d'entre eux en Nouvelle-Calédonie, à l'instar de Louise Michel. Le 14 juillet est proclamé fête nationale, mais la référence retenue est la paisible et consensuelle fête de la Fédération du 14 juillet 1790 plutôt que la populaire et convulsive prise de la Bastille intervenue un an plus tôt.

Témoignage du changement d'atmosphère, une première statue de Marianne est érigée devant l'Institut, au centre de la capitale, le 24 février 1880. Elle est coiffée d'une couronne de lauriers surmontée d'une étoile. Sculptée par Soitoux en 1848, elle avait rapidement été remisée au vu du tournant conservateur imprimé après la répression de l'insurrection parisienne. Commande est également passée pour une Marianne qui sera inaugurée le 14 juillet 1883 sur la place parisienne du Château-d'Eau, qui devient alors celle de la République. Cette Marianne du sculpteur Morice est monumentale, combattante, trop sans doute, car le président Grévy refuse de présider la cérémonie de son inauguration.

En 1880 également est érigée une statue de la République dans la petite ville de Pons, en Charente-Maritime. Son maire, Émile Combes, futur président du Conseil, prononce un discours sans ambigüité : « *Ne vous étonnez pas si une République venue au monde par tant d'alarmes et de dangers s'offrit à nous avec le bonnet phrygien, symbole d'ardeurs guerrières et de mâles vertus* [...]. *Ce bonnet phrygien qu'une réaction apeurée affecte de tenir pour un emblème de mœurs féroces, c'est le trait d'union entre la République actuelle et celle de 1792.* » Durant toute la décennie, les Marianne se multiplient dans l'espace public, et d'abord dans les mairies.

La bataille du bonnet phrygien va durer encore quelques années avant de s'éteindre progressivement. Mais cet engouement pour Marianne vient surtout d'en bas, du peuple, des élus municipaux ou cantonaux qui veulent une République fidèle à la première du nom. Comme depuis un siècle, le mouvement sera surtout prononcé dans le Languedoc et en Provence, même s'il s'étend dorénavant plus au nord, vers l'Auvergne, dans le couloir rhodanien, voire en Franche-Comté. Selon le journaliste et collectionneur Pierre Bonte, si dans l'Hérault, l'Aude ou le Var, un quart des communes dispose d'une statue de Marianne en place publique, la proportion est d'une sur 72 dans le reste du territoire métropolitain. Les Marianne du sud exposées dans les mairies sont souvent très colorées, le rouge étant ardemment souligné, notamment sur le bonnet.

Marianne tricolore, fin du XIXe siècle, collection du Sénat.

Selon les sensibilités politiques, on représente des Marianne tantôt en mouvement, affublées de symboles renvoyant à l'égalité, comme le niveau, et portant bonnet et cocarde tricolore, ou alors des Marianne au visage impassible, à qui la couronne de laurier, l'étoile ou les rayons solaires tiennent lieu de coiffe. Cette différence de tempérament politique se remarque encore aujourd'hui dans des mairies ou des régions aux sensibilités historiquement marquées. Il faut ici rappeler que la présence de Marianne dans une mairie n'est nullement obligatoire et qu'il n'en existe

Logo officiel de la République.

aucune représentation officielle ailleurs que sur les papiers à en-tête de la puissance publique, le cas échéant sur les timbres-poste et les pièces de monnaie. Au début des années 1880, l'installation du buste de Marianne dans une mairie, *a fortiori* l'érection d'une statue en place publique, est très souvent permise grâce à une souscription publique. Manière pour les citoyens républicains de marquer leur territoire symbolique en renvoyant à une allégorie et non à un homme providentiel. La IIIe République s'est en effet construite en opposition au pouvoir personnel tel qu'il a pu être incarné par deux empereurs et des dizaines de rois dans le passé.

Marianne de Jean Gautherin, 1880.

Les années 1880 sont aussi celles qui voient se multiplier la fabrication de Marianne en grande quantité. Des sculpteurs comme Doriot, Francia, Gautherin, Carrier-Belleuse ou le franc-maçon Paul Lecreux, dit Jacques France, plus tard Injalbert ou Vauquelin, proposent aux mairies de faire l'acquisition de « leur » buste. Parfois, sur les prospectus diffusés aux élus locaux apparaît abusivement le terme « officielle » à côté de Marianne, pour convaincre les maires de retenir leur version. Certains sculpteurs proposent une version avec et une variante sans le fameux bonnet… Par milliers, des mairies sont encore aujourd'hui ornées de Marianne acquises à cette époque. Les monuments de Marianne, eux aussi, prolifèrent. Si le baron Haussmann a surtout reconfiguré la capitale, de nombreuses villes sont partiellement rebâties à cette aune, privilégiant les espaces plus aérés et les voies larges, avec un urbanisme qui appelle le monument. Les années 1879-1880 ont été particulièrement fastes pour l'érection de Marianne en place publique dans la foulée de l'élection d'un chef de l'État républicain, mais une autre date va bientôt marquer à son tour une impulsion notable.

LE CENTENAIRE DE LA GRANDE RÉVOLUTION

Le centenaire de la Révolution française, en 1889, suscite une ferveur considérable dans le camp républicain, sur fond d'une Exposition universelle qui rencontre un succès exceptionnel pour l'époque avec 32 millions de visiteurs et qui consacre le rayonnement d'une France républicaine dans le monde entier. Et ce, malgré le boycott de plusieurs monarchies européennes refusant de venir célébrer la Révolution de 1789… Il nous reste notamment de cet événement étalé sur un semestre la tour Eiffel, qui avait été initialement conçue pour être démontée après les festivités, et la statue de la Liberté offerte aux États-Unis, mais dont une copie réduite a été placée sur la Seine, à proximité de la tour Eiffel.

Les Marianne seront érigées par dizaines sur des places publiques et le mouvement durera jusqu'en 1892, année du centenaire de la Ire République. La prévention à l'égard du bonnet phrygien s'est estompée. Désormais, pour reprendre l'expression de l'historien Maurice Agulhon, Marianne est « *au pouvoir* ». Sur les terres radicales ou rouges du sud de la Loire, Marianne est presque toujours représentée dynamique, conquérante, les cheveux flottant autour du bonnet phrygien, la poitrine partiellement ou totalement dénudée. Cette interprétation se répand dorénavant sur tout le territoire. Témoin, la monumentale statue de Dalou inaugurée en 1889 qui arbore bonnet et sein nu et qui surmonte un groupe de sculptures figurant le Génie de la Liberté, le Travail, la Paix, etc. Elle est située au centre de la place de la Nation qui, jusqu'en 1880, s'appelait place du Trône. Tout un symbole.

La victoire de Marianne et, plus largement, de la République ne signe pas pour autant le renoncement de leurs adversaires. La consolidation de la République n'a pas été que d'ordre symbolique. Ainsi, dans les années 1880 sont adoptées les lois sur l'école publique, gratuite et laïque, sur la liberté syndicale, sur la liberté de réunion, sur la liberté de la presse. C'est justement dans la presse que Marianne commence à être prise à partie par ses contempteurs, à la faveur du développement de la caricature. Les conservateurs la représentent comme une « gueuse », une femme de petite vertu, tandis que ses détracteurs de gauche ne manquent pas non plus de l'épingler à leur façon. Marianne fait face à la droite cléricale d'un côté et au mouvement ouvrier révolutionnaire de l'autre. La première moitié de la IIIe République fournit une matière abondante aux caricaturistes, de la Commune de Paris aux lois scolaires, de l'affaire Dreyfus à la séparation des Églises et de l'État, sans oublier quelques retentissants scandales de corruption. Les différentes étapes de la construction de la République telles qu'elles sont relatées par les dessinateurs de presse assurent désormais à Marianne une popularité complète. Même si ce n'est pas toujours à son avantage…

Dans le journal *Le Grelot*, en 1872, une République « rouge » fait face à une République « honnête » figurée sous les traits d'Adolphe Thiers.

LES GUERRES MONDIALES ET LEUR ENTRE-DEUX

Le déclenchement de la Première Guerre mondiale, en 1914, imprime un nouveau cours à l'histoire tumultueuse de Marianne. Quand elle apparaît, elle ressemble davantage à Bellone, la déesse romaine de la guerre.

Marianne guerrière – inspirée de la *Marseillaise* de Rude figurant sur l'Arc de Triomphe – par Désiré Briden, très représentative des Marianne de la période 1914-1918, collection de l'Assemblée nationale.

La *Marseillaise* de Rude, qui orne l'arc de triomphe, est souvent convoquée, rappelant les victoires des soldats de l'an II sous la Convention. Marianne devient le symbole de la mère-patrie, elle incarne la France en danger et l'union sacrée. Sur les cartes postales envoyées aux soldats du front, elle est parfois l'image d'une fiancée idéale, à l'instar de la Madelon, héroïne d'une chanson célèbre à l'époque, tout comme celle de la nation protectrice. La guerre de 1914-1918, c'est aussi le retour triomphal du coq gaulois, qui se substitue à l'occasion à l'allégorie de la République. Mais pour la représentation des divers pays engagés dans le conflit mondial, Marianne est volontiers montrée dans les dessins de presse en compagnie de Britannia, son homologue d'outre-Manche coiffée du casque de Minerve, et surtout face à Germania, presque toujours affublée d'une cuirasse, d'un casque et d'un bouclier, laquelle avait, dès la guerre de 1870, symbolisé le nationalisme allemand.

Durant l'entre-deux-guerres, Marianne conserve un haut degré de popularité que le développement de nouveaux moyens de communication va favoriser. Par exemple, à travers une statuaire renouvelée, dans les affiches des partis politiques – de tous bords d'ailleurs –, dans la publicité ou dans les chansons. Ainsi, en 1928, les « Mariannes de Paris » mettent en scène et en musique une quinzaine de jeunes ouvrières sur des paroles de Mistinguett, à une époque où la re-

Monument à la Convention nationale du Panthéon, par François Sicard, 1913.

production sonore par des techniques auparavant balbutiantes connaît un succès populaire d'ampleur. Dans la même décennie est achevé un ensemble monumental dédié à la Convention nationale représentant une Marianne qui surplombe en majesté les protagonistes de 1792. Il est toujours au Panthéon.

En 1932 paraît pour la première fois l'hebdomadaire *Marianne*, revendiquant son appartenance à la gauche républicaine et clairement lancé pour faire pièce aux droitiers *Candide* et *Gringoire*. En réalité, tous les partis du champ républicain tentent d'accaparer Marianne. Témoin, ce dessin paru dans *L'Humanité* en 1936 représentant le dirigeant communiste Maurice Thorez esquissant un pas de danse avec Marianne. À l'autre bout de l'échiquier politique, on convoque aussi Marianne pour affirmer que les dangers qui pèsent sur elle ont pour nom communisme et socialisme. Mais à l'image des débuts de la IIIe République, les ennemis du régime, mus par un antiparlementarisme

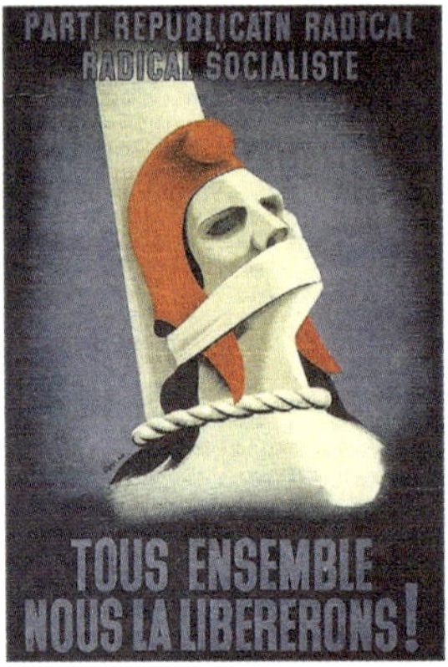

Affiche du Parti radical, par Paulan, 1936. Marianne est ligotée et bâillonnée par les ligues d'extrême droite.

véhément, ne désarment pas. Ils représentent dans les caricatures Marianne en mégère, en commère ou en servante, sous des traits peu engageants. L'Action française, les Camelots du Roi, l'extrême droite en général, cléricale ou non, s'en donnent à cœur joie dans leurs organes de presse. Le monarchiste Charles Maurras désigne régulièrement la « gueuse » à la vindicte, le pamphlétaire nationaliste Léon Bloy qualifie Marianne de « *salope en bonnet phrygien* » et l'antisémitisme débridé qui a prospéré avec l'affaire Dreyfus s'exprime avec virulence plusieurs décennies durant, en prenant à l'occasion comme cible la « youpine » Marianne.

LE BANNISSEMENT DE MARIANNE SOUS VICHY

Ces courants vont connaître leur revanche avec l'avènement au pouvoir du régime de l'État français, qui s'empresse de mettre un terme à la République et à ses symboles. Son emblème est une francisque – une hache à deux fers qui renvoie aux ancêtres gaulois –, et le portrait de Philippe Pétain figure bientôt sur les pièces de monnaie et les timbres-poste. La devise républicaine est également évincée au bénéfice de *Travail, Famille, Patrie*. Les Marianne qui avaient été installées dans les mairies sont appelées à être remplacées. Souvent, c'est un buste de Jeanne d'Arc qui se substitue à elles. Si le régime collaborateur de Vichy se débarrasse de toutes les références à la République, il conserve néanmoins le drapeau tricolore afin d'éviter que ses opposants ne s'en servent pour leur cause. On le sait, sous l'impulsion du général de Gaulle, la Résistance l'utilisera néanmoins, mais accompagné d'une croix de Lorraine placée sur le blanc du drapeau.

Marianne va beaucoup mobiliser la Milice de Joseph Darnand, une force supplétive de la Gestapo fondée début 1943, en regroupant les plus zélés des membres de la Légion des volontaires français. Les miliciens vont en effet se livrer à une chasse obstinée aux Marianne qui ornent les mairies, en plus de la traque des résistants, des Juifs et des francs-maçons dont ils se sont fait la spécialité. La statuaire publique va aussi être victime de Vichy qui, en octobre 1941, décide de récupérer les métaux non ferreux – et notamment le bronze des statues – afin de pourvoir aux besoins en raison du blocus maritime sur ces matériaux. L'occasion pour l'État français de cibler les représentations qui heurtent ses valeurs. Si plusieurs Marianne en bronze sont fondues à cette occasion, certains grands hommes seront également victimes de cette chasse aux symboles : Victor Hugo, le chevalier de La Barre, Voltaire, Diderot, Louis Blanc, Marat, Desmoulins, Raspail, Ledru-Rollin, entre autres. Maurice Agulhon relevait dans l'un de ses ouvrages, consacré à Marianne, que « *la chasse aux statues des années d'Occupation est à peu près la seule chose que la gauche a oublié de reprocher au régime de Vichy* ». En effet, très rares sont les statues détruites alors qui ont été réinstallées depuis.

LE RETOUR DE LA RÉPUBLIQUE

Si Vichy a répudié Marianne, la Résistance au contraire la revendique. Ainsi, lorsque la France libre est amenée à éditer des timbres-poste, c'est une Marianne au bonnet phrygien qui y figure. Et à la Libération, Marianne apparaît sur les affiches de tous les partis politiques confondus. Elle est le symbole de la République, même si on sait que, dans tous les partis d'avant-guerre sans exception, il y eut des collaborateurs. Toutefois, le triomphe de Marianne n'est pas qu'institutionnel. Le prénom Marianne donné à des petites filles va connaître un succès considérable à partir de 1945 et dans les années qui suivent, concurrencé par les Victoire, France et autres Marie-France. Dans les mairies, parfois à l'occasion de cérémonies, on décroche le portrait de Pétain et on réinstalle la Marianne sauvée des griffes des miliciens et camouflée dans le grenier ou la cave de la maison commune. À la tête du gouvernement provisoire, de Gaulle choisit la Marianne de Gandon pour figurer sur les timbres-poste, une Marianne portant bonnet phrygien dessinée pendant la libération de Paris. Mais celles qui lui succéderont aussi. On verra d'ailleurs apparaître, par la suite, de grands noms d'artistes pour représenter Marianne, comme Picasso en 1951, Cocteau en 1961 ou Dali en 1978.

À gauche : la Marianne figurant sur les timbres-poste à la Libération et jusqu'en 1955 a été dessinée par Pierre Gandon.
À droite : esquisse de Jean Cocteau pour le timbre-poste des PTT émis en 1961.

Sous la IVe République, la Marianne officielle n'apparaît pas toujours avec le bonnet phrygien, mais la voici bientôt reconvoquée de manière massive lors du retour du général de Gaulle en 1958. Lui-même l'avait mobilisée pour figurer sur les affiches de « son » parti, le Rassemblement du peuple français. Le 4 septembre 1958, jour anniversaire de la proclamation de la troisième du nom par Gambetta en 1870, c'est place de la République, devant la monumentale Marianne, que le Général annonce ses conceptions institutionnelles. Ses adversaires, qui redoutent à travers son retour celui du pouvoir personnel, vont eux aussi capter l'héritage de Marianne pour s'opposer à l'ancien chef de la

France libre. En 1962, avec la réforme qui rétablit l'élection du président de la République au suffrage universel – un mode de scrutin qui n'avait plus été utilisé depuis Louis-Napoléon Bonaparte en 1848 – les détracteurs de de Gaulle rappellent à l'envi combien la République s'est depuis lors construite dans la méfiance à l'égard d'un homme providentiel. Pour eux, Marianne est ainsi soumise à une sorte de mariage forcé avec le « plus illustre des Français », selon l'expression du président sortant René Coty.

Marianne, qui jusqu'à présent avait été anonyme, incarnant la multitude du peuple français, va un peu changer de statut. En effet, en 1969, la star du grand écran Brigitte Bardot prête ses traits au sculpteur Aslan. Son buste, qui dissimule peu la poitrine avantageuse de l'actrice à la vie sentimentale agitée, fait scandale. Mais quelques mairies se l'approprient, notamment celle de Chamalières, dirigée par Valéry Giscard d'Estaing, ministre des Finances sous de Gaulle et Pompidou. Le star-système va imposer ses modes à une Marianne qui sera ensuite incarnée par Michèle Morgan en 1975, qui refuse néanmoins que son buste soit utilisé ; par la sage Mireille Mathieu en 1978, une sorte d'antithèse de Brigitte Bardot ; puis par Catherine Deneuve en 1985 ; par les mannequins Inès de la Fressange en 1989 et Laëtitia Casta en 1999 ; ou encore par l'animatrice télé Évelyne Thomas en 2003. Si les vedettes du show-business ornent ici ou là quelques salles de mairie, en proportion, ce sont toutefois des Marianne anonymes qui dominent très massivement. Dans cette période également, lors de leur congrès annuel, les maires de France se verront aussi décerner des Marianne d'Or pour leur action à l'occasion de cérémonies sponsorisées par des entreprises, mais ces opérations n'ont pas connu une postérité notable.

L'actrice Brigitte Bardot en Marianne, par Alain Aslan.

En 1971 se déroule un petit événement qui va contribuer à la popularité renouvelée de Marianne. Cette année-là, l'Église catholique ôte en effet sainte Marianne de son calendrier. Le journaliste Pierre Bonte, présentateur de l'émission radiophonique « Bonjour Monsieur le Maire » depuis une dizaine d'années et qui avait entrepris une collection de Marianne que les mairies remisaient dans leurs greniers, décide d'une riposte toute pacifique. Le 17 février de l'année suivante, jour de la Sainte-Marianne, débute en effet à son initiative une exposition de bustes qui se tient au Cercle républicain à Paris et qui rencontre un franc succès médiatique. Aujourd'hui encore, Pierre Bonte dispose d'une impressionnante collection de Marianne glanée sur tout le territoire, et une partie de celle-ci est visible depuis plusieurs années dans les deux chambres du Parlement, à l'Assemblée nationale et au Sénat. Il a aussi publié plusieurs livres remarquablement documentés sur le sujet, dont deux avec le grand historien Maurice Agulhon, décédé en 2014.

Signe de la popularité de Marianne durant cette décennie, la chanson que lui consacre le chanteur Michel Delpech en 1972. En puisant dans les souvenirs de 1789 avec un « Ça ira » de circonstance dans le refrain, « Que Marianne était jolie » évoque l'histoire de France sous un mode nostalgique, avec une Marianne qui a eu cinq enfants, soit cinq républiques, mais qui ne reconnaît plus la dernière du nom. Marianne est aussi l'héroïne de nombreux dessinateurs de presse, notamment Jacques Faizant qui, en une du *Figaro*, la met en scène presque quotidiennement pendant une quarantaine d'années à partir des années 1960. Elle incarne une France souvent perplexe, tantôt enthousiaste, mais le plus souvent décontenancée par les décisions de ses dirigeants politiques. Avant lui, Jean Effel, plus tard Piem ou Plantu, font également de Marianne une vedette des gazettes. Mais d'autres dessinateurs ou caricaturistes convoquent aussi, de manière plus aléatoire, l'allégorie de la République, soit sous des traits flatteurs, soit au contraire pour la dénigrer, même si le registre outrancier de la IIIe République semble définitivement révolu.

LE BICENTENAIRE DE LA RÉVOLUTION

Un autre événement va redonner des couleurs à Marianne. Le bicentenaire de la Révolution française est en effet célébré officiellement et donne lieu à une série de colloques et publications savantes, comme à l'édition d'objets en tout genre sur lesquels Marianne figure en bonne place. Lors de la cérémonie parisienne du 14 juillet, c'est la soprano américaine Jessye Norman qui entonne « La Marseillaise », place de la Concorde, devant une foule nombreuse, mais aussi les principaux dirigeants de la planète, conviés pour l'occasion par le président Mitterrand. Si elle ne porte pas de bonnet phrygien, la cantatrice est revêtue d'un drapeau tricolore qui renvoie au moins implicitement à notre héroïne nationale.

Mais plus encore que la cérémonie officielle, sur tout le territoire, d'innombrables initiatives locales sont prises par des associations, des cercles culturels ou des municipalités pour célébrer le bicentenaire. Pièces de théâtre, plantations d'arbres de la Liberté, mobilisation des élèves des écoles, collèges et lycées, reconstitutions, bals populaires, débats, et aussi défilés dans les rues des bourgs et des villes permettent de mesurer la perpétuation de l'incarnation. Les bonnets phrygiens sont distribués ou acquis en grand nombre par les citoyens et chacun se met, le temps d'une fête, dans la peau, sinon de Marianne elle-même, du moins dans celle des sans-culottes, qui ont accompagné l'émergence du phénomène durant la Révolution française. C'est aussi à cette période que le baptême républicain renoue avec une tradition disparue depuis des décennies, qui consiste à faire entrer symboliquement les enfants dans la communauté nationale devant le buste de Marianne, en une sorte de réponse en mode civique au baptême religieux.

À partir des années 1970, le nom de Marianne est aussi convoqué par les essayistes. Parmi eux, l'élu local centriste lyonnais Paul Trouillas qui, avec *Le Complexe de Marianne*, paru en 1988, rencontre un réel succès d'édition, lui qui affirmait que *« de la collectivité française, Marianne tient un fil de l'Unité sociale »*. Quelques années auparavant, le dirigeant communiste Anicet Le Pors avait proposé *Marianne à l'encan* (1980), et par la suite, le démographe Hervé Le Bras l'évocateur *Marianne et les lapins* (1993), ou encore le philosophe Henri Pena-Ruiz son essai *Dieu et Marianne* (2001). On pourrait en citer beaucoup d'autres. En 1997, c'est aussi l'hebdomadaire *Marianne* qui reparaît, sous l'impulsion de l'énergique journaliste Jean-François Kahn.

Logo de l'hebdomadaire *Marianne*, fondé en 1997 par Jean-François Kahn.

Dans le monde politique en revanche, si la République semble faire un retour significatif, en tout cas sur le plan sémantique, chacun s'affirmant plus républicain que le concurrent ou l'adversaire, et même si le courant gaulliste demeure en tête de ces références, Marianne est moins sollicitée. Parmi les exceptions, l'ancien Premier ministre Laurent Fabius. Dans une période d'intenses débats sur la laïcité précédant le vote de la loi interdisant les signes religieux dans les établissements scolaires destinés à endiguer l'offensive de courants intégristes au sein de l'école, il assure, le 17 mai 2003, devant le congrès du Parti socialiste réuni à Dijon, que *« Marianne ne peut être voilée »*.

Si tel est le cas, Marianne prend toutefois de plus en plus souvent les traits d'une France dont les évolutions démographiques ont été sensibles depuis plus d'un demi-siècle. La Marianne incarnée par Jessye Norman avait ouvert la voie. Désormais, Marianne reflète plus fréquemment une France enrichie de vagues d'immigration venues des continents africain ou asiatique, notamment. La redécouverte récente d'une « Marianne noire » commandée par les loges maçonniques de Toulouse en 1848 révèle que cette attention n'est pas si inédite. En pleine période de controverses autour de la seconde abolition de l'esclavage sous l'impulsion du franc-maçon Victor Schœlcher, une partie de nos concitoyens témoignait – avec un sens certain de l'anticipation – que Marianne s'adaptait aussi au cours du monde et aux évolutions du moment. Aujourd'hui, dans un nombre significatif de municipalités, Marianne reflète tout autant la France de ce début de troisième millénaire.

MARIANNE DEMAIN

Au terme de ce survol historique de quelque deux cent trente ans, un constat s'impose : Marianne est tout sauf figée, les Marianne officielles ne sont pas, tant s'en faut, les plus populaires, et la société s'en est emparée pour les interpréter à son goût. Elle est finalement changeante, comme l'est la République, tantôt incarnant l'ordre, tantôt le mouvement, la conservation ou le progrès. Elle a connu des heures intenses ou des séquences plus apaisées. Elle a été éclipsée durant des décennies par des régimes qui haïssaient ce qu'elle représente et, en premier lieu, la liberté. Elle a été instrumentalisée, revendiquée par des courants idéologiques opposés les uns aux autres. Elle a été récupérée par la publicité ou la mode, adoptée ou au contraire boudée par les pouvoirs en place. Mais le peuple sait à quoi s'en tenir, édifié par des séquences politiques où elle a été interdite de paraître : quand elle disparaît, ce n'est pas bon signe ! Plus près de nous, le monde entier a pu s'interroger sur le sens et le choix de la mascotte retenue pour les Jeux olympiques de Paris 2024, un petit personnage rouge vif dénommé Phryge... Le bonnet des esclaves affranchis qui coiffe Marianne depuis 1792 aura ainsi traversé les siècles.

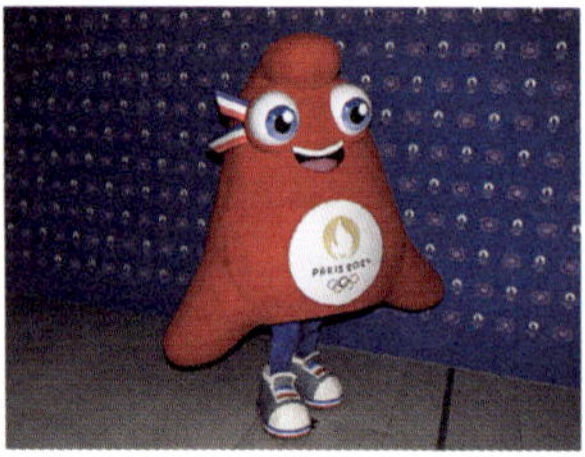

La mascotte « Phryge » des JO de Paris en 2024, un personnage en forme de bonnet phrygien tel qu'il orne la tête de Marianne.

En 2003, sous l'impulsion du président de l'Assemblée nationale Jean-Louis Debré, le Palais Bourbon avait affiché sur sa façade 14 portraits géants de jeunes femmes, Marianne d'aujourd'hui, « *représentatives de la société française contemporaine* ». Elles avaient mené une marche des femmes contre les ghettos et pour l'égalité à l'appel du mouvement Ni putes ni soumises. Parmi elles, Sihem, alors âgée de 28 ans, demeurant à Paris dans le XIXe arrondissement, avait livré sa définition : « *Pour moi, Marianne, c'est l'alliance du courage, de l'énergie et de la volonté. Elle regarde droit devant elle, sûre de ses convictions, et trouve toujours le courage d'adapter ses valeurs républicaines aux besoins d'aujourd'hui.* »

BIBLIOGRAPHIE

Maurice Agulhon
Marianne au combat. L'imagerie et la symbolique républicaines de 1789 à 1880, Flammarion, 1979.
Marianne au pouvoir. L'imagerie et la symbolique républicaines de 1880 à 1914, Flammarion, 1989.
Les Métamorphoses de Marianne. L'imagerie et la symbolique républicaines de 1914 à nos jours, Flammarion, 2001.

Maurice Agulhon et Pierre Bonte
Les Visages de la République, Gallimard, coll. « Découvertes », 1992.
Marianne dans la cité, Dexia-Imprimerie nationale, 2001.

Maurice Agulhon, Pierre Bonte, Robert Chagny & Alain Chevalier, *Entre liberté, République et France. Les représentations de Marianne de 1792 à nos jours*, RMN-Musée de la Révolution française, 2003.

Pierre Bonte, *Je vous salue Marianne*, Place des victoires, 2021.

Georges Bringuier, Jacqueline Fonvielle-Ferrasse, Daniel Chartagnac & Monique Biasi, *La Marianne du Musée*, Loubatières, 2023.

Guillaume Doizy & Jacky Houdré, *Marianne dans tous ses états. La République en caricature, de Daumier à Plantu*, Alternatives, 2008.

Jean Garrigues, *Images de la Révolution. L'imagerie républicaine de 1789 à nos jours*, Du May-BDIC, 1988.

Jean-Michel Renault, *Les Fées de la République. L'histoire de la République à travers les yeux de Marianne*, Créations du Pélican, 2003.

Le premier sceau de la République

Tout juste installée fin septembre 1792, la Convention nationale confie à l'un des siens, l'abbé Henri Grégoire, évêque de Blois, le soin de rédiger un rapport sur les sceaux de la République. L'effigie du monarque devant disparaître, c'est vers l'Antiquité romaine que se tournent les représentants pour figurer « *au nom de la République française* » cette représentation féminine tenant en sa main droite une pique surmontée d'un bonnet phrygien, la gauche reposant sur un faisceau de licteurs. Le rapport Grégoire, dont on dit que le ministre de la Justice Georges-Jacques Danton y apporta sa contribution, voulut cette image « *afin que nos emblèmes circulant sur le globe présentassent à tous les peuples les images chéries de la liberté et de la fierté républicaines* ».

Ce sceau constitue donc une représentation officielle de la République, fixée par décret, comme il le sera ultérieurement avec les républiques successives. En revanche, il n'y eut jamais de buste ou de sculpture « officielle » même si, dans les années 1880-1890 notamment, plusieurs Marianne furent – abusivement – considérées comme telles. Le sceau de la Ire République est conservé à l'hôtel de Soubise, aux Archives nationales de France. En France, les premiers sceaux remontent aux rois mérovingiens et étaient destinés à authentifier leurs actes. Aujourd'hui, le sceau de la République est apposé, bien sûr, sur la Constitution, mais aussi sur des lois à portée constitutionnelle ou dont l'importance souhaite être soulignée par la puissance publique.

AU NOM DE LA RÉPUBLIQUE FRANÇAISE

La République française

C'est la plus ancienne peinture officielle de la République connue, assure le grand spécialiste de Marianne Pierre Bonte. Datée de 1793, elle a été acquise en 1996 par le – remarquable – musée de la Révolution française, situé à Vizille, à proximité de Grenoble. Cette femme casquée tient dans sa main droite une pique surmontée d'un bonnet phrygien tandis que la gauche repose sur un faisceau de licteurs. Elle est vêtue d'une toge tricolore où le bleu domine et qui laisse son sein droit apparent. En 1793, Wicar se trouvait à Florence et c'est, selon toute vraisemblance, dans cette ville qu'il a réalisé cette peinture aux dimensions modestes (25 cm x 16 cm). Elle aurait orné la façade du palais où logeaient les ambassadeurs de France en Toscane. En effet, les figures de la République décrétées par l'Assemblée nationale devaient partout, en France comme à l'étranger, remplacer les fleurs de lys des Bourbons déchus, explique le musée de la Révolution française, dans sa présentation de l'œuvre.

Jean-Baptiste Wicar est né en 1762 à Lille et fut, comme beaucoup de peintres de sa génération, un élève de David. Il séjourne fréquemment en Italie. Au cours de ses séjours dans ce pays comme dans d'autres en Europe, il contribue à l'enrichissement des collections françaises par une série de « prélèvements » qu'on juge à juste titre aujourd'hui indélicats, notamment à la faveur de la campagne d'Italie de Bonaparte. Installé définitivement en Italie à partir de 1800, il fut un collectionneur réputé, dont le fonds est désormais détenu en grande partie par le palais des Beaux-Arts de Lille. Surnommé le chevalier Wicar, il s'est éteint à Rome en 1834.

Jean-Baptiste Wicar, la plus ancienne représentation officielle connue de la République en allégorie féminine, 1793.

La République de l'an II

Réalisée en 1794, cette figure allégorique du nouveau régime est l'œuvre de Jean-Antoine Gros, alors âgé de 23 ans lorsqu'il la livre à la toute jeune Ire République. Vêtue à l'antique, elle correspond à la description de l'abbé Grégoire dans son rapport à la Convention nationale sur les sceaux de la République. Cette déesse de la Liberté, qui n'est pas encore appelée Marianne, se tient debout, une pique à la main au bout de laquelle figure le bonnet phrygien des esclaves affranchis de l'Antiquité romaine. Complétant cette référence à la liberté, elle tient dans sa main gauche le niveau, symbole de l'égalité reposant lui-même sur un faisceau de licteurs entouré de feuilles de chêne, renvoyant à l'union et à la force. Exposée au château de Versailles, cette *République française de l'an II* est coiffée d'un casque à cimier comme en portent les soldats. « *Son sein droit nourricier s'offre à tous les Français et leur garantit le partage équitable des richesses* », assure le « mariannologue » Jean-Michel Renault. Issu d'une famille d'artistes, né en 1771, Jean-Antoine Gros, élève de David, traverse les régimes et suivra Bonaparte dans son épopée, y compris pendant l'Empire. Il devient baron sous la Restauration, ayant ainsi servi comme peintre des régimes successifs. Il se suicide en 1835.

Jean-Antoine Gros, *La République française de l'an II*, 1794.

La *Marseillaise* de l'Arc de triomphe

Cette *Marseillaise*, qu'on imagine hurlant un *Chant du départ*, symbolise précisément le départ des volontaires, même si aujourd'hui elle fait figure de Marianne pour le grand public. Inaugurée en 1836, elle est l'un des ensembles monumentaux de l'Arc de Triomphe, érigé à la gloire de la Grande Armée, dont Napoléon Ier avait passé commande en 1806. La date de l'inauguration, le 29 juillet 1836, renvoie aux Trois Glorieuses, qui avaient vu l'avènement de Louis-Philippe après la chute en 1830 de Charles X, dernier des Bourbons sur le trône de France. Mais cette inauguration sera présidée par le président du Conseil des ministres Adolphe Thiers, Louis-Philippe redoutant un attentat à cette occasion. Ce même Louis-Philippe avait participé aux batailles de Valmy et de Jemmapes alors qu'il était duc d'Orléans, fils de Philippe-Égalité, le cousin régicide de Louis XVI. La monarchie de Juillet entend tirer sa légitimé du peuple, à l'instar de la Révolution et en contrepoint de la Restauration.

La Marseillaise est coiffée d'un casque au cimier à la forme proche d'un bonnet phrygien sur lequel s'agrippe un dragon rappelant l'aigle impérial. Le sculpteur dijonnais François Rude (1784-1855) reçoit commande de l'œuvre en 1833 et elle assurera sa renommée, à lui qui a passé de longues années aux Pays-Bas et en Belgique durant la Restauration. L'ensemble de Rude donne lieu à de vives polémiques artistiques, confrontant les tenants du classicisme à ceux du romantisme. Quelques décennies plus tard, en 1913, Guillaume Apollinaire célébrera la *Marseillaise* de Rude, « *première œuvre qui exprime un sublime moderne ; le sujet est moderne, le mouvement, la vie y est moderne et la dramatisation synthétique de ce qui est représenté est moderne aussi* ».

François Rude, *La Marseillaise*, Arc de triomphe.

La Liberté au fusil

Cette *Liberté* de David d'Angers est créée en 1839. L'original est une statuette de 57 cm de hauteur qui appartient aujourd'hui au fonds du musée du Louvre. Lors de sa création, sous la monarchie de Juillet, elle ne prit évidemment pas l'appellation qui fut ensuite la sienne, à savoir *La République française*, lors de sa réédition en 1849 par la Manufacture de Sèvres, en biscuit. Elle porte un bonnet phrygien, et, fait rare, un fusil dans sa main gauche, des feuilles de laurier, et un parchemin dans la droite. Sur la plinthe de cette statuette figure inscrit « Liberté, liberté chérie, combats avec tes défenseurs », extrait du sixième couplet de « La Marseillaise », lequel débute par « Amour sacré de la patrie ». Si « La Marseillaise » a bien été entonnée par les révolutionnaires de 1830, Louis-Philippe la remisera bientôt pour lui préférer une plus sage « Parisienne » composée par Casimir Delavigne. D'autres inscriptions accompagnent cette statuette : « 89-1830 » et, sur l'équerre posée contre l'autel, « Égalité Fraternité ».

Pierre-Jean David dit David d'Angers est précisément né dans cette ville en 1788. Élève notamment de David et de Pajou, David d'Angers a réalisé d'innombrables médailles et médaillons représentant les hommes célèbres de son temps. Il est aussi l'auteur du bas-relief du fronton du Panthéon, qu'il réalise en 1837, sous lequel est inscrite la phrase « Aux grands hommes la patrie reconnaissante ». Sculpteur prolifique, on le trouve exposé dans de nombreux musées, tant en France qu'à l'étranger, mais aussi dans la statuaire publique dont la IIIe République fut friande. David d'Angers siégera un temps à l'Assemblée constituante à partir de 1848, parmi les Montagnards, mais il sera conduit à l'exil au début du règne de Napoléon III. Il meurt à son retour en France en 1856.

David d'Angers, *La Liberté*, musée de la Franc-Maçonnerie.

La République nourricière de Daumier

Honoré Daumier est surtout connu pour ses caricatures du monde politique. Il déploie ses talents au début de la monarchie de Juillet avant de faire les frais de la censure. Il est aussi l'auteur de bustes en terre cuite figurant le personnel politique des années 1830. Il s'oriente ensuite vers la caricature des mœurs de ses contemporains et réalise de nombreuses œuvres plus classiques. Baudelaire dira de lui qu'il est « *l'un des hommes les plus importants, je ne dirai pas seulement de la caricature, mais encore de l'art moderne* ». Né en 1808 et mort en 1879, c'est en 1848 qu'il réalise cette œuvre figurant une Marianne floue, assise, tenant dans sa main un drapeau tricolore. Jean-Michel Renault, dans ses *Fées de la République*, commente ainsi ce tableau peint l'année de l'avènement de la IIe République : « *Cette traduction nourricière de la République, allaitant de ses deux puissantes mamelles deux enfants nus tandis qu'un troisième attend son tour en étudiant, déplaît souverainement au jury officiel.* » L'œuvre ne sera évidemment pas retenue pour représenter le nouveau régime.

Proche de Corot et de Millet, illustrateur pour les œuvres littéraires de Balzac puis de Victor Hugo, Daumier sera largement déconsidéré sa vie durant, rencontrant souvent des difficultés financières. Il obtiendra une reconnaissance bien après sa mort et il est aujourd'hui considéré comme un artiste majeur du XIXe siècle, dont il aura traversé tous les régimes, du Premier Empire à la IIIe République.

Honoré Daumier, *La République*, musée d'Orsay, Paris, 1848.

La Marianne noire

C'est une Marianne maçonnique particulièrement originale à la destinée non moins insolite qui est ici représentée. Due – sans garantie absolue – au sculpteur toulousain Bernard Griffoul-Dorval (1788-1861), elle a été réalisée à la demande des loges maçonniques de cette ville en 1848. L'année est évidemment d'une importance majeure pour justifier le choix audacieux de l'auteur de cette Marianne. Certes, la République est de retour depuis peu. Mais surtout, elle mandate le franc-maçon Victor Schœlcher pour en finir définitivement avec l'esclavage. Il sera en effet le principal artisan de sa seconde abolition, après que la Révolution française a prononcé la première en 1794, balayée quelques années plus tard par Napoléon Ier. Présentant son décret d'abolition, Schœlcher achèvera son propos par ces phrases : « *La République n'entend plus faire de distinction dans la famille humaine. Elle n'exclut personne de son immortelle devise :* Liberté, Égalité, Fraternité. »
Le choix du sculpteur se porte sur la représentation d'une esclave affranchie, probablement la première Marianne noire sculptée de l'histoire. Elle est coiffée d'un bonnet phrygien et revêtue des insignes maçonniques, même si les conditions de conservation de l'œuvre l'ont beaucoup altérée. Installée durant un petit siècle dans les locaux toulousains du Grand Orient de France, cette Marianne aux dimensions respectables (120 cm de hauteur) va passer quelques décennies enfouie dans la terre, sans que l'on en prenne soin. En 1941, alors que le gouvernement de Vichy mandate ses services pour piller les locaux maçonniques, des frères vont en effet soustraire la Marianne noire à leur entreprise et l'enterrer dans un jardin à proximité du temple. Elle sera oubliée jusqu'aux années 1970 et rejoindra ensuite le musée départemental de la Résistance et de la Déportation de Haute-Garonne. Une copie a été réalisée récemment pour le musée de la Franc-Maçonnerie, installé au siège parisien du Grand Orient de France.

La Marianne aux médailles

La Marianne de Théodore Doriot constitue une illustration éloquente des variations politiques des années 1870 et 1880. Elle fut parmi les plus diffusées et adoptées par les mairies dans cette période. Élève de François Rude, se définissant lui-même comme un « éditeur statuaire », il consacra sans doute plus de temps et d'énergie au commerce de son œuvre qu'à sa réalisation. Ses bustes, commercialisés par la papeterie Dorville, sont proposés aux mairies dans des matières et sous des aspects différents, du plâtre au plâtre bronzé, en passant par le bronze, la terre cuite ou le biscuit. Selon les besoins, les modèles sont conçus avec des dimensions variables, assortis de consoles ou pas, revêtus d'une tunique laissant apparaître une cuirasse. En 1870, le modèle de loin le plus vendu est coiffé d'une couronne de laurier avec au centre une étoile et la mention « Honneur et Patrie », tandis que dans les années 1880, Théodore Doriot en propose une variante coiffée du bonnet phrygien.

Toutefois, sur la quasi-totalité des bustes du sculpteur, qui a conçu une allégorie de la République aux traits sereins, figure un collier composé de huit médailles évoquant les domaines que le nouveau régime entend promouvoir. Ils ont pour nom : agriculture, commerce, beaux-arts, instruction, justice, science, marine et industrie. Quand le premier président de la République aux convictions républicaines attestées est élu, à savoir Jules Grévy en 1879, il porte son choix sur le modèle sans bonnet phrygien, conformément à son tempérament prudent. La Marianne de Théodore Doriot, au succès considérable, aura probablement été la plus copiée, parfois maladroitement, mais aussi celle qui a suscité les ajouts les plus variés, peinte en bleu, blanc, rouge, totalement ou partiellement, assortie de dorures plus ou moins clinquantes, avec des yeux ou une bouche maquillés...

R F

—

Le *Triomphe de la République*

Nous sommes en 1875. C'est cette année-là que les historiens s'accordent à considérer que la IIIe République fut juridiquement fondée, grâce à au vote d'une loi sur l'organisation des pouvoirs publics dont Henri Wallon fut l'initiateur. C'est donc cette même année que ce *Triomphe de la République*, dont l'auteur est anonyme, est diffusé par l'éditeur lyonnais Gadola. Dans ses *Fées de la République*, Jean-Michel Renault relate le commentaire qui accompagne la diffusion de cette lithographie : « *Le peuple, instruit par l'expérience, a compris qu'il ne devrait la victoire qu'à cette arme magnifique et terrible, le suffrage universel. Les dernières élections ont détruit les coupables espérances des prétendants, il ne fallait rien de moins que cette suprême épreuve pour convaincre de leur impuissance ces ennemis de la République. Désormais, la France, à l'abri de leurs complots, marchera à la tête des nations civilisées dans la voie du progrès et de la liberté.* » Au pied de cette Marianne, terrassés, les rois et empereurs français et étrangers, avec quelques parchemins sur lesquels figurent Sedan ou encore « droit divin ». La République triomphante les domine, vêtue d'une tunique d'un rose profond, coiffée d'un bonnet phrygien, tenant en sa main gauche un drapeau tricolore et de l'autre le glaive de la justice, piétinant une couronne et un sceptre. Autour d'elle, le peuple, dont se détachent un bourgeois, un ouvrier, un soldat et un écolier. À côté d'elle, aussi, la Déclaration des droits de l'homme et du citoyen et le suffrage universel portés par des anges.

Triomphe de la République, estampe anonyme, 1875.

GADOLA & Cie, 5 Cours de Brosses, Lyon. J. DOSSERE Edit. 1 r. du Renard Paris Paris, Imp. lith. Vve COSSELIN, 95bis r. St Jacques

TRIOMPHE DE LA RÉPUBLIQUE.

Le peuple, instruit par l'expérience a compris qu'il ne devrait la victoire qu'à cette arme magnifique et terrible, le *Suffrage Universel*. Les dernières élections ont détruit les dernières espérances des prétendants, il ne fallait rien moins que cette suprême épreuve pour convaincre de leur impuissance, ces pires ennemis de la République. Désormais la France à l'abri de leurs complots, marchera à la tête des nations civilisées, dans la voie du Progrès et de la liberté!

La Marianne de la Nation

En 1879, Dalou (1838-1902) participe au concours ouvert pour un monument à la République sur la place parisienne du même nom. Mais c'est la Marianne de Léopold Morice qui remporte le concours. Toutefois, les membres du jury vont destiner l'ensemble monumental de Jules Dalou, ancien et talentueux élève de Jean-Baptiste Carpeaux, à la place de la Nation. Vingt-deux mètres de long, douze de haut et autant de large, des figures de plus de quatre mètres. Dalou met dix ans à sculpter un monument provisoire en plâtre qui sera inauguré par le président Sadi Carnot le 21 septembre 1889, jour anniversaire de l'abolition de la royauté et année du centenaire de la Révolution française. Hormis l'Exposition universelle de la même année, cette inauguration est l'un des événements saillants de la célébration de 1789. Le contexte politique est marqué par l'antiparlementarisme, lui-même alimenté par les offensives boulangistes, et le monument édifié à la gloire de la République s'attire aussi les critiques, tant du camp monarchiste et clérical d'un côté que des tendances marxistes et anarchistes de l'autre. Il faudra à Jules Dalou dix ans de plus pour réaliser la version en bronze définitive de l'œuvre. Le monument est inauguré en novembre 1899. C'est à nouveau l'occasion d'une grande fête républicaine, en présence du président Émile Loubet, avec en arrière-plan l'Affaire Dreyfus. En 1908, on adjoindra au pied du monument de Dalou des animaux incarnant les forces du mal, tenant autant du dragon que de l'alligator, et terrassés par la République. Mais cet ajout du sculpteur Gardet aura une postérité entravée par sa destruction en 1941 au titre de la récupération des matériaux non ferreux par le régime de Vichy.

Le Triomphe de la République, Jules Dalou, 1879.
Plâtre patiné, projet pour le monument de la place de la Nation,
Petit Palais, Paris.

La *Bellone* de Rodin

Nous sommes en 1879, la première année vraiment républicaine du nouveau régime édifié en 1870 sur les décombres du Second Empire. Après un président orléaniste, Adolphe Thiers, puis un légitimiste, Patrice de Mac Mahon, c'est Jules Grévy qui s'installe à l'Élysée. Même s'il n'existe pas de Marianne officielle autre que sur les timbres-poste et les pièces de monnaie, la municipalité parisienne lance un concours pour orner ses mairies d'arrondissement. Auguste Rodin se lance dans l'aventure avec 62 autres sculpteurs. Malgré ce vaste choix, aucun buste ne sera retenu. Rodin prend sa maîtresse Rose Beuret comme modèle et s'affranchit des recommandations du jury, qui escomptait une Marianne sage. La sienne a la mine maussade, peu prête aux concessions, coiffée de surcroît d'un casque qui la destine au combat plus qu'au compromis. Mécontent de ne pas avoir été sélectionné, Rodin débaptise sa Marianne pour lui donner le prénom de Bellonne, la déesse romaine de la guerre. Exposé au musée d'Orsay, le buste en bronze et marbre mesure 77 cm. Rodin, né en 1840, a 39 ans lorsqu'il réalise cette œuvre. À cette époque, il est déjà un sculpteur reconnu, ayant beaucoup voyagé en Italie, en Belgique, en Angleterre, aux États-Unis. Mais sa première grande œuvre, *L'Âge d'airain*, qui représente un soldat belge, ne date que de 1877. Il n'obtient une réelle consécration qu'à la fin de la décennie suivante. Ses œuvres les plus connues, comme *Le Baiser*, *Les Bourgeois de Calais*, le *Monument à Balzac* ou *Le Penseur* sont postérieures à sa *Bellone*, qui aura toutefois conservé de Marianne la cocarde tricolore. En 1904, il crée une *France* avec pour modèle Camille Claudel, un buste qu'il offrit en 1917, l'année de sa mort, à la ville de Meudon, qui l'expose depuis dans son musée d'Art et d'Histoire.

Auguste Rodin, *Bellone*, 1879.

Une Marianne « recalée »

Hippolyte Moulin conçoit sa Marianne à la fin du Second Empire, en 1867. Elle est reconnaissable à sa chevelure laissée libre, elle est de surcroît surmontée d'un bonnet phrygien et d'une cocarde. Lorsqu'elle est soumise quelques années plus tard à Jules Ferry, ministre de l'Instruction publique, celui-ci s'oppose à sa diffusion, lui préférant des modèles aux cheveux sages et coiffés d'attributs moins évocateurs de la Révolution française. Il faudra à Moulin attendre l'année 1882, un an avant sa mort, pour que sa Marianne échappe à cette censure politique et connaisse le succès. Mais à cette époque, interné à l'asile de Charenton, il ne disposait sans doute plus de toutes ses facultés.

Né en 1832, élève notamment du sculpteur animalier Antoine-Louis Barye, Moulin s'engage pleinement dans la Commune de Paris, y compris pendant la Semaine sanglante. Les Amis de la Commune de Paris honorent ainsi ce sculpteur : « *C'est un artiste reconnu, qui fait partie de la Garde nationale, lorsque la République est proclamée en septembre 1870 après le désastre de Sedan. Pendant l'hiver et les longs tours de guet, il sculpte un buste de la République dans la glace. Il en reste une eau-forte de Félix Bracquemond, où l'on voit l'œuvre éphémère posée sur un haut socle de pierres ramassées aux alentours et dominant un fort enneigé. Le style réaliste de la figure, qui aurait pu rester allégorique, exprime la fierté des femmes du peuple engagées dans le combat républicain.* »

Marianne, Hippolyte Moulin.

La Marianne maçonnique

S'il en existe deux versions, comme souvent au début de la IIIe République, voici une Marianne qui a toujours été revêtue du bonnet phrygien. Son auteur, Paul Lecreux (1826-1894) dit Jacques France, en a d'abord réalisé une version pour le Grand Orient de France, dont il était membre. Elle orne encore aujourd'hui le grand temple d'honneur de cette obédience et, dans des dimensions plus modestes, de nombreux autres temples de loges. Car cette Marianne est en effet décorée d'un cordon de maître maçon avec les symboles de l'équerre, du compas, du niveau, etc. Dès 1882, Jacques France en proposera une nouvelle version destinée aux mairies, toujours avec la chevelure libre. Mais sur le cordon qui ceint Marianne figurent cette fois trois dates : 1789, début de la Révolution, et les dates de naissance des IIe et IIIe Républiques, 1848 et 1870.

Dans son ouvrage *Les Fées de la République*, Jean-Michel Renault nous apprend que « *la Marianne de France a l'honneur d'être présentée au public la veille de 14 juillet 1882, à l'hôtel de ville de Paris, et d'avoir comme parrain le grand Victor Hugo, qui préside le banquet républicain donné à cette occasion par le Comité central pour la propagande du buste de la République des communes* ». Cette éminente caution permettra à Jacques France de voir sa Marianne profane retenue par de très nombreuses mairies.

Marianne maçonnique de Paul Lecreux, dit Jacques France,
musée de la Franc-Maçonnerie (coll. GODF).

Marianne en armure

Exposé à l'Assemblée nationale, ce buste en biscuit de Sèvres a été réalisé par Carrier-Belleuse en 1880. Une description nous en est ainsi proposée : « *Les cheveux mi-longs de Marianne sont coiffés d'un bonnet phrygien traité en coiffe rustique, enjolivée d'un nœud élégant ; les pattes du bonnet tombent le long de ses joues. Il encadre un visage à l'expression sérieuse. Elle est vêtue d'une armure, symbolisant la Force et la Nation, couverte d'une toge drapée, ornée d'une gorgone, tête de monstre à chevelure de serpent, censée effrayer toute personne qui aurait l'audace de s'opposer à la République. Les seins, symboles du devoir nourricier de la République, sont ici mis en valeur. Les inscriptions sur le socle signifient que la loi doit guider* (symbole de l'étoile) *la République.* »

Né en 1824, Albert-Ernest Carrier de Belleuse dit Carrier-Belleuse connaît un grand succès sous le Second Empire, bénéficiant des encouragements de Napoléon III. Il réalise de nombreux bustes en terre cuite des artistes et des hommes politiques de son temps. Il s'est aussi beaucoup consacré à la sculpture décorative, et quantité de monuments sont ornés de ses contributions. Il forma entre autres Auguste Rodin et fut, de 1875 jusqu'à sa mort en 1887, directeur des travaux d'arts de la Manufacture de Sèvres.

Marianne, d'Albert-Ernest Carrier-Belleuse, 1880.

LA LOI
RF

Marianne écrasant le nazisme

L'historien Jean Garrigues commente : « *Le vent de la liberté souffle de l'intérieur de la France. Dès février 1941, des résistants créent un journal clandestin au titre évocateur :* Valmy. *Les affiches des francs-tireurs et partisans proclament en 1943 "la patrie en danger" et appellent les Parisiens à s'enrôler pour la défendre, comme en 1792. En 1944,* L'Action, *hebdomadaire de l'indépendance française, inscrit son combat dans la continuité de 1789, 1830, 1848 et 1871. C'est au nom de la Révolution que doit se lever la Résistance.* » Cette affiche pour la libération de la France est intitulée *Liberté*. Représentative des nombreuses affiches apparues à cette période, elle a été conçue par Henri Biais sous l'Occupation, par le secrétariat général à l'information du Gouvernement provisoire de la République française. Vêtue de blanc et coiffée d'un bonnet phrygien orné d'une cocarde, tenant en main un drapeau tricolore, Marianne y écrase ici la croix gammée, symbole du nazisme.

Durant toute la période de l'État français du maréchal Pétain, Marianne avait été chassée des représentations officielles au profit de la figure du chef de ce régime, qui n'avait de cesse de bannir la République de ses références et de ses choix politiques. Affichiste ayant commencé sa carrière avant-guerre en promouvant, entre autres, les loisirs et les sports dans la foulée du Front populaire, Henri Biais réalisera plusieurs autres affiches au profit de la Résistance puis des autorités au pouvoir à la Libération.

Liberté, Marianne écrasant la croix gammée,
affiche du GPRF, 1944.

LIBERTÉ
HENRI BIAIS
G.P.R.F
SECRÉTARIAT GÉNÉRAL A L'INFORMATION
AFFICHE EXÉCUTÉE SOUS L'OCCUPATION ALLEMANDE AOÛT 1944

Les Marianne « Gilets jaunes »

Durant plusieurs mois, à partir de l'automne 2018, le mouvement des Gilets jaunes mobilise des millions de Français des classes moyennes et populaires autour des ronds-points situés aux entrées de villes. Très développé dans la France des sous-préfectures, des zones périurbaines et rurales, il est déclenché par la hausse des prix des carburants. Il se répand ensuite dans les grandes villes et, chaque samedi durant plusieurs mois, des manifestations, la plupart du temps non déclarées, sans porte-parole ni mot d'ordre précis, vont également se dérouler dans des grandes villes. Elles sont caractérisées par un niveau de violence élevé et entraînent des dégradations parfois impressionnantes. La destruction de la tête de la *Marseillaise* de Rude installée à l'entrée de l'Arc de Triomphe de Paris en constituera un symbole marquant. Le mouvement finit par s'essouffler et n'aura pas de débouché politique direct à l'occasion du scrutin organisé au printemps 2019, les élections européennes, ni ultérieurement.
On voit ici cinq femmes figurant des Marianne aux seins nus, vêtues de rouge avec des capuches à cocardes tricolores renvoyant au bonnet phrygien, faire stoïquement face à un cordon de gendarmes mobiles sur les Champs-Élysées, le 15 décembre 2018. On apprendra ensuite que cette démonstration d'un affrontement symbolique entre le peuple et les forces de l'ordre a été organisée par une performeuse et artiste luxembourgeoise, Deborah de Robertis, pour qui « *montrer son corps nu est une réflexion qui peut avoir une portée politique* ».

Mouvement des Gilets jaunes, Cinq femmes au bonnet phrygien et seins nus face aux gendarmes, 15 décembre 2018, Paris.

La Marianne taguée de C215

Christian Guémy, alias C215, est un « artiste urbain » et pochoiriste né en 1973. Il a réalisé de très nombreuses représentations dans divers lieux publics, mais aussi dans des maisons d'arrêt, entre autres. Le 14 juillet 2024, il diffusait cette image et ce texte sur son compte X.

Bonne Fête nationale à toutes et tous !
Par ailleurs, je vais en profiter pour vous dire ce qui me plaît dans le symbole de Marianne. Elle n'a jamais existé, et le personnage mythique devient un symbole anonyme seulement après le tableau de Delacroix, donc après 1830. [...]
Ce que j'aime, c'est que ce personnage ouvre le chemin, donne une direction, celle de la liberté et de l'émancipation. Avec courage et détermination.
Dans notre époque, tout le monde semble obsédé par ses origines. C'est absurde. Je me fous de mes origines. Je suis d'origine corse, algérienne et auvergnate (façon bougnat limonadier parisien) et qu'est-ce que cela signifie ? RIEN. Jusqu'où faudrait-il faire remonter nos origines individuelles ? L'Antiquité ? La préhistoire ? C'est absurde.
Les origines ne nous éclairent en rien. Au contraire. Les origines essentialisent, elles nous assignent, elles nous séparent, elles nous isolent et nous confrontent. Ce qui compte, ce n'est pas d'où l'on vient, mais là où on va. Ce n'est pas le passé, c'est le futur. Et c'est là où Marianne est formidable, car elle va droit devant, elle montre le futur, et nous enjoint de la suivre tous ensemble. Marianne n'est pas une origine, c'est une destination.

« Marianne » de Christian Guémy, dit C215, 14 juillet 2024 (@christianguemy).

Crédits iconographiques

L'éditeur souhaite remercier les organisations et personnes suivantes pour leur aimable autorisation de reproduire les images utilisées dans cet ouvrage. Il présente aussi ses sincères excuses à ceux qui auraient pu être omis par ignorance de l'origine réelle de telle ou telle illustration.

iStock by Getty images
p. 1, 3, 4, 45 et couverture

Wikimedia Commons
p. 9 (CC0 - National Numismatic Collection, National Museum of American History), p. 13 (CC0 / D'après Louis Boizot, BnF), p. 14 (CC0 / photo Shonagon), p. 16 (CC0 / Jastrow), p. 17 en haut (CC0 / Jacques-Jean Barre - *L'Illustration*, 28-10-1848), p. 18 (CC0 / Jacques-Jean Barre - collection privée), p. 25 (CC BY-SA 2.5/ Lamiot), p. 31 (CC BY-SA 4.0 / Mbzt), p. 47 (CC BY-SA 4.0 / Lorenzo Isaac), p. 51 (CC0), p. 53 (CC BY-SA 2.0 / Douglas O'Brien), p. 57 (CC0), p. 61 (CC BY-SA 3.0 / Super sapin, photo prise au Sénat), p. 67 (CC BY-SA 4.0 / Osama Shukir Muhammed Amin FRCP (Glasg)), p. 40

CC0 Paris Musées / Musée Carnavalet - Histoire de Paris
p. 8, 10, 29, 63

CC0 Paris Musées / Petit Palais, musée des Beaux-Arts de la Ville de Paris
p. 26, 65

PxHere : p. 17 en bas (CC0 / Photo par Miguelsga)

Photographies de Pierre Mollier
p. 19 (collection particulière), p. 59 (musée de la Franc-Maçonnerie)

Photographies de R. B. : p. 23 (collection particulière)

© Assemblée nationale
p. 30, 43, 69, 73

Photographie de P. F. : p. 35 à droite (collection privée)

Alamy Stock Photo
p. 37 (dpa picture alliance), p. 39, 43

Maxppp / Jean Christophe Paviot : p. 77

© Collections du département de l'Isère : p. 49

Musée de la Franc-Maçonnerie
p. 55 (collection GODF), p. 71 (collection GODF), p. 79

Domaine public
p. 32, p. 35 à gauche, p. 75